글이라는 것이 방향제가 되지 않았으면 좋겠다.
세상이 조금은 꿉꿉하고 습한 냄새를 풍기는 것이라면
방향제 같은 글로 덮기보다는
같이 땀을 흘리는 글쟁이가 되고 싶다.

_____ 님께

신현택 드림

하필
——
그리움을
당신에게
엎질렀다

무심코 스쳐 보낸 모든 것들이 그립습니다

신현택 지음

BOOK PLAZA

목
차

그리운 당신

part 1.

스쳐가는 풍경

part 2.

일
상
의
향
기

part 3.

part 4.

part 1.

왼발과 오른발을 번갈아 내딛어 걸음을 만들듯
사람에 대한 감정도
호감과 비호감을 번갈아 내딛어 관계를 만든다

그

리

운

당

신

—
신
호
등

신호등 전구의 모양은 다르지 않다.
하지만 그 속에서 어떤 빛을 품느냐에 따라
누군가는 멈추고
누군가는 주춤거리며
누군가는 나에게 다가온다.

—

붕
어
빵

속이 검다고 욕하지 마세요.

까보니 달콤한 사람은 어디에도 없더군요.

다 똑같은 판박이라고 무시하지 마세요.

누구에게나 같은 얼굴로 대하는 사람은 어디에도 없

더군요.

식어 있다고 무시하지 말아 주세요.

새벽 늦게 귀가하는 아버지 손에 들린 식은 붕어빵처

럼 온정이 동맥질하는 무언가는 어디에도 없습니다.

― 재수(再修)에 들어서는 너에게

여름이 오기 전의 봄은
겨울보다 쓰라리게 춥고,

도약하기 전의 개구리는
그 어느 때보다 움츠린다.

정적으로 보이는 번데기 안에서
애벌레는 날개를 틔우고,

폐쇄된 알 속에서
새는 자유로운 활강을 꿈꾼다.

—

화

화를 낸다는 것이
수직선상의 운동이 아님을 오늘 깨달았습니다.

우리는 화를 내는 것을
칼로 찌르거나 총을 쏘는 것 같은
수직선 운동으로 인식하지만
실제로는 핵폭발과 유사합니다.

핵폭탄처럼 화를 쏟아내고 나서
도리어 기분이 찜찜한 적이 많지 않았는지요?

화의 원점, 즉 폭발의 원점은
당연히 화를 내는 자기 자신이겠죠!

핵폭발이 일어날 때
가장 뜨겁고
가장 고통스러우며
가장 방사능 오염이 심각한 곳은
바로 폭원지인 원점입니다.

핵폭발과 같은 화를 상대방에게 낸 사람은
엄청난 상처를 받습니다.
고통조차 못 느낄 정도로요.
물론 상대방이 조금 덴 것을 보고
짧은 순간이나마 통쾌해 하겠죠.
정작 자신의 상처는 보지도 못한 채로요.

화의 원점, 즉 폭발의 원점은

당연히 화를 내는 자기 자신이겠죠!

여백 결벽증

우리는 나이가 들면서 여백을 참을 수 없는 삶을 살아갑니다.

유치원생 때 크레파스로 색칠해 본 기억이 있나요?
하늘색 크레파스를 쥐고 고사리 손으로 색칠을 해도
결국 드문드문 흰색의 여백이 드러나기 마련이었죠.
그래도 우리는 개의치 않았습니다.

그런데 나이가 들면서
크레파스와 같이 뭉툭한 필기구에서 색연필로,

색연필에서 수채화물감으로,
수채화물감에서 결국에는 1픽셀 단위로 움직이는 마
우스 커서를 쥐고,
클릭 2번으로 배경을 완벽하게 덮어버립니다.

그냥 놔두면
하늘색 배경에서 흰색 구름이 될 여백들을
우리는 참지 못해 덮어버립니다.

손에 쥐고 있는 필기구들이 얇아질수록
우리는 여백을 잃어가네요.

발렌타인데이 초콜릿

너에게 준 발렌타인데이 초콜릿은
분명 녹기 전에 장미 문양이 있었다.
도도하리만큼 고상하고 차가웠던 섬세한 문양이.

하지만
너의 주머니 속에서 흐물흐물 녹아버린 다음에는
문양은 사라지고 각진 형체도 없어져
사방을 침범하는 무경계의 존재가 되어 버렸다.

하지만
나는 지금의 모습이
발렌타인데이 초콜릿 속에 담긴
진짜 사랑이 만든
새로운 문양이라 믿고 싶다.

비록 고상한 장미 문양은 아니지만
너의 주머니 속에서 함께 했다는 증표의 문양이라 믿
고 싶다.

누군가가 당신을 미워 해도

자책하지 마세요.

좋고 싫음에는 원래 이유가 없는 것이니까요.

지
네
와
뱀

다리가 너무 많아서 지네는 싫어.
다리가 없어서 뱀은 징그러워.
무언가를 싫어한다는 것은
결코 논리적으로 설명할 수 없는 것.

무언가, 누군가가 자기와 맞지 않는다고
당신을 미워한다고 해도
자책하지 마세요.
싫어하는 데는 원래 이유가 없는 것이랍니다.

얼리는 것과 태우는 것

무언가가 싫으면
불을 질러 태우기보다는
차라리 얼려서 구석에 치워놓기를 권합니다.

얼린 것은 다시 해동이 가능하지만
한번 재로 된 관계나 사물은
결코 돌아올 수 없으니까요.

관계 지우기

지우는 방법에는 두 가지가 있다.
지우개로 마찰시켜 지우는 방법과
수정액으로 덮어서 지우는 방법.

그러나
둘중 어떤 방법을 이용하든 흔적은 남기 마련이다.

지운다는 것은
말끔히 이전과 같은 상태로 돌아가는 것과는
다르다.

─ 당신은 미리 기름을 두릅니까?

한번은 기름을 두르지 않고 닭갈비를 구워본 적이 있습니다. 난리가 났죠. 좁은 자취방이 연기로 가득 차고, 프라이팬에 고기와 야채가 완전히 눌러붙었습니다. 프라이팬에 눌러붙은 고기와 야채를 뗀다고 정말 고생했습니다.

저는 기름을 두르는 게 일종의 가식처럼 느껴졌습니다. 요리를 하다 보면 닭갈비에서 자연스럽게 즙이 나와 요리가 완성될 거라 착각을 했던 거죠.

저는 사람 사이도 관계를 맺다보면 자연스레 윤활유가 나오겠거니 생각했었습니다.

하지만 이제는
요리 하기 전에 식용유를 두르는 것처럼
인간관계에도 윤활유를 뿌리는 것이
꼭 가식이라고만 볼 수는 없다는 것을 깨달았습니다.

—
제격에 맞지 않는 것들

제격에 맞지 않는 것이
있습니다.

아빠의 헐렁한 셔츠를 땅에 끌며
돌아다니는 귀여운 딸아이의 모습.

딸아이를 위해서
뒤에 커다란 발을 올려놓고
힘겹게 킥보드를 타는 아버지의 모습.

제격에 맞지 않아서
더 아름다워 보입니다.

때로는 제격에 맞지 않아

더 아름다운 것이 있습니다.

—

징검다리

사람과 사람 사이에는 징검다리가 있다.

마음에 홍수가 들이치는 날에는
다른 이에게 다가가고 싶어도
징검다리가 잠겨 버리고

나는 외딴섬이 되어
당신을 먼발치에서 바라만 본다.

나는 외딴섬이 되어
당신을 먼발치에서 바라만 본다.

발
걸
음

한 발을 내딛고
연달아 그 발을 다시 내디딜 수 없듯이
어떻게 좋아하는 마음만을 계속 내디딜 수 있으랴.

왼발과 오른발을 번갈아 내디뎌 '걸음'을 만들듯
사람에 대한 감정도
호감과 비호감을 번갈아 내디뎌 '관계'를 만든다.

—

유
자
청

누군가는 감귤처럼 스스로 맛과 향을 풍기지만
모든 귤이 그럴 수는 없다.
당신이 감귤 같은 존재가 아님을 슬퍼하지 말자.

생으로 먹을 때 시어서
아무도 거들떠보지 않는 그냥 귤이어도
기다리며 온기에 몸을 맡겨보자.

감귤은

저 혼자 향과 맛을 내는 존재에 그치지만

그렇게 기다리고 인내한 당신은

무색무취한 물을 달콤한 향과 맛으로 물들이는

유자청이 될 터이니.

그렇게 기다리고 인내한 당신은
무색무취한 물을 달콤한 향과 맛으로 물들이는
유자청이 될 터이니….

카톡 역설

더 가까운 이
더 편한 이가 보낸 카톡은 읽지 않고 놔둔 채
더 멀리있는 이
더 까다로운 이가 보낸 카톡은 바로 읽는
카톡 역설.

나는 당신과 가장 가까운 존재이고 싶고

당신에게 가장 편한 존재가 되고 싶은데

왜

당신과 나 사이에는 아직도

읽지 않은 1이라는 거리감이 있을까?

—

점

점으로 만나는 모든 것들은 무너진다.
총알의 가장 끝부분,
칼날의 가장 예리한 부분,
큰 너울의 파도 위에 맞닿는 뗏목의 접점.

그러나 우리는 점이 되기 위해 애쓴다.

소중한 이로부터 온 따뜻한 면의 메시지에도
날카로운 점으로 대답하고,
포근한 면이 필요한 아이들이나 어르신에게도
시니컬한 점으로 충돌한다.

접점이 무수히 많아지면 면이 되듯
'점'의 지향점은 결국 '면'일 터인데,
다들 자기가 면이 될 생각은 하지 않는다.

대신 이렇게 생각한다.
'나는 점으로 다가갈게. 너는 면으로 대해줘.'

그렇게 오늘도 면은 점을 품고 쓰러진다.
점은 홀로 쓰러진 면 위에서 외로워한다.

접점이 무수히 많아지면 면이 되듯
'점'의 지향점은 결국 '면'일 터인데,
다들 자기가 면이 될 생각은 하지 않는다.

윤동주 시인을 떠올리며

이 나라는 습기마저 나를 도와주지 않는다.

해수를 품은 섬나라의 습기가
고향으로 보내는 원고지를 눅눅하게 만들고,
연필의 흑연을 새겨 글을 쓰게 하는 게 아니라
겨우겨우 꾹꾹 눌러 압착시키다시피 글을 쓰게 한다.

고향 땅에 보내는 마지막 편지일지 모르는 글을 쓰고
마침표를 찍기 전에 습기에 대해 생각해보았다.

같은 습기이건만 고향의 습기에는
해수의 텁텁함이 아닌 따뜻함이 묻어있었다.
풋고추를 잘라 끓인 어머니의 된장국이 튄 자국,
희붐하게 볕이 드는 밀알을 씹다 잠든 막내의 침자국,
호수에 그윽히 달빛만 비출 때 피어오른 물안개.

고국의 따뜻한 습기가 원고지에 배어 있었기에
그동안 그토록 편안하게 글을 쓸 수 있었을까?

나는 지금 원고지에 마침표를 찍을 수 없다.

살아 돌아가서
고향의 훈기로
원고지에 배어있는
해수를 품은 습기를 떨쳐내고 싶다.

어느 여름날
막내와 어머니와 함께
달빛 아래에서
원고지의 마침표를 찍고 싶다.

위안부 피해자 김군자 할머니의 명복을 빕니다.

감정의 리어카

감정은
잡동사니가 가득 찬 리어카.

다른 이의 마음에 올라갈 때는
무겁게 끙끙대며
힘겹게 올라가지만

내려갈 때는
가득 찬 그 무게에 압도되어
속절없이 추락한다.

part 2.

지금 여러분의 꽃이 진다는 것은
새로운 열매를 맺기 위한 당연한 과정일지도

스쳐가는 풍경

월요일에도 사과나무는

사과나무를 보면서 드는 생각입니다.

어떻게 갈색과 초록색의 무덤덤한 색깔 속에서 저런 치명적인 빨간색을 품을 수 있는지. 곰곰이 생각해보면 소름끼치지 않습니까? 우리는 열매가 열릴 것을 알고 보니 아무렇지 않지만 처음 열매를 본 인간은 어떤 생각을 했을까요?

어찌 보면 아담이 선악과라는 열매에 끌렸던 건 당연

하지 않았을까 생각합니다.

그런데 투박스럽기 그지없는 사과나무가 어떻게 사과를 맺을 수 있었을까요? 의외로 사과나무가 한 거라고는 한자리에서 뜨거운 태양과 차가운 서리를 견뎌내는 것밖에 없었습니다. 우리가 부르는 '일상'이라는 말처럼 사과나무는 특별한 무언가를 한 게 아니라 일상을 견뎌내며 남들은 아무것도 아니라고 생각하던 초록 열매를 조금씩 붉게 만들었습니다.

오늘은 월요일입니다. 누군가에게는 다시 고통스러운 일상이 도서관에서, 회사에서 시작되는 시간입니다. 일상은 덧없고 전혀 창의적으로 보이지 않는 시간입니다. 하지만 자연에서는 일상이 곧 창조가 되며 창의를 품습니다. 무미건조한 갈색 번데기에서 다채로운 나비가 태어나듯이요. 모두가 고통스럽다고 생각하는 일상을 조금은 다르게 생각하는 것이 어떨까요?

혹시나 오랫동안 공들였다가 자신의 손아귀에서 빠져나간 어떤 것을 안타까워하시는 분이 있다면 조심스럽게 한 글귀를 전하고 싶습니다.

'사과나무는 열매를 맺기 전에 꽃이 집니다. 지금 여러분의 꽃이 진다는 건 어찌 보면 실패가 아니라 더 큰 열매를 맺기 위한 당연한 과정일지도.'

사과나무는 특별한 무언가를 한 게 아니라
일상을 견뎌내며 남들은 아무것도 아니라고 생각하던
초록 열매를 조금씩 붉게 만듭니다.
모두가 고통스럽다고 생각하는 일상을
조금은 다르게 생각하는 것이 어떨까요?

새
의
비
상

오늘 빨랫줄 위에 있는 까치를 보고
문득 새의 일생에 대해서 생각해 보았다.
사람의 일생과는 도저히 비교할 수 없는
외로움과 두려움에 맞서는 삶이 새의 삶이더라.

태동을 듣고 어머니와 함께 숨쉬며
어미의 고통으로 세상에 나오는 포유류와 달리
처음부터 알이라는 고독한 세계에서 자라나
생사의 갈림길에서 살아남기 위해
부리짓으로 알을 쪼아 세상에 나오는 새의 삶.

우리는 새라는 존재가 태어날 때부터 당연히 날아다니는 능력을 가진 존재라고만 생각한다. 하지만 날기 위한 새의 첫 시도부터가 땅에 떨어지는 죽음을 각오해야 하는 것이다.

우리의 일생은 그런 장엄하고 잔인한 삶에 비해 얼마나 유약하고 부드러운 일생일까?

저 한 줌도 안 되는 덩어리들이 추락에 대한 공포를 본능적으로 무시하고 대범하게 몸을 던지는 그 모습이 얼마나 대단한가.

우리가 생각하는 '추락'을 '비상'으로 바꾸는 새의 일생에 감탄했다.

우리가 생각하는 '추락'을 '비상'으로 바꾸는
새의 일생에 감탄했다.

떨어지는 모든 것

이 땅에 추락하는 모든 것들은
본능적으로 몸을 펴는 것을 알고 있나요?
사지를 쭉 편 채로 접촉면을 늘려
속도를 줄이려는 그 몸짓을요.

하늘다람쥐도 그렇다고 합니다.
접촉면을 늘려 사지를 쭉 편 채로
'추락'을 '활강'으로 승화시킵니다.

단풍나무에서 떨어지는 잎새도
그냥 떨어지는 법이 없습니다.
공기를 부여잡으며 나선을 그려
조금이라도 공기에 도움을 청하며 떨어집니다.

하물며 사람이 만든 우산도, 색종이도
하나의 점이 되어 떨어지는 법이 없습니다.
펄럭여서 추락에 최대한 저항하며 땅에 도달합니다.

그런데 딱 하나 예외가 있어요.
바로 '사람'이랍니다.
사람은 추락할 때
무릎 사이에 머리를 넣고 하나의 점이 됩니다.
하나의 탄환이 됩니다.

우리가 하늘다람쥐라면
사회 속에서 추락할 때
사지를 뻗고 접촉면이라도 늘려
위험을 분산할 수 있을 텐데…

우리가 하늘다람쥐보다

조금이라도 더 나은 존재라면

오늘 하루쯤 당신은 나에게 기대도 됩니다.

추락이라 생각한 오늘이

내일은 활강으로 기억될지도 모르니까요.

오늘 하루쯤

당신은 나에게 기대도 됩니다.

귤처럼 살아보자

한번 속는 셈 치고 귤처럼 살아보자.

껍질이 종잇장처럼 얇아 손으로 깔 수 없는
저 천박한 배나 참외와는 달리

껍질이 아주 두꺼워 낯짝이 뻔뻔한
수박이나 호박과도 달리

완전히 철갑을 두른 듯한 파인애플과는 더더욱 달리
우리 한번 속는 셈 치고 귤처럼 살아보자.

손톱으로 콕 눌러
손으로 깔 수 있는 그런 귤처럼 살아보자.

깍쟁이 같은 세상에서
씨는 걷어내고
댕강댕강 8등분하여 나눠주기 쉬운 저 귤처럼

먹고 나면
손 가득히 한아름 향기를 품어주는 저 귤처럼
살아보자.

자전(自轉)

지구는 처음 자전을 했을 때
절망했다.

24시간 동안 대지(大地)를 움직인 결과가
원점(原點)임을 알았을 때
절망하지 않을 수 없었다.

그러나
지구는 계속 자전했다.
자전이 모여 공전이 되고
공전이 모여 은하수를 한 바퀴 돌았다.

그제서야 지구는 깨달았다.

원점으로 돌아가는 것이 무(無)가 아님을.

'일상의 절망'이 모여

하나의 큰 움직임을 만들었음을.

자전의 좌절이 모여

지구에 풀 한 포기가 자라났음을.

원점으로 돌아감이

앞으로 나아가게 하는 동력이 되는 아이러니.

시계태엽 속 작은 톱니바퀴가

항상 맞이하는 원점 덕에 시간은 흘러가고,

항상 콘크리트와 마찰하는 타이어의 원점이 모여

나아가는 자동차의 원리.

도전에서 떨어지고

다시 마주하는 원점에서

나는 왜 좌절하는가.

꽃
과
벌

꽃은 벌이 떠나기를 원치 않지만
벌은 기어코 떠나간다.

꽃은 슬퍼 꽃잎을 오므리고
햇빛을 거부하며 침잠한다.

다시 봉오리로 퇴화하는 듯한 과정에서
꽃은 벌이 남긴 흔적을 발견하고
과실을 잉태하기 시작한다.

벌이 떠나지 않았다면
꽃은 오므리지 않았을 것이고
결국 과실 또한 맺지 못했을 것이다.

그제서야 꽃은 깨닫는다.
이별함으로써 무언가를 얻었음을.

달팽이 집의 무게

달팽이가 집을 지고 다니는 모습이
너무 힘들어 보였다.

그런데 곰곰이 생각해보니
자신의 등에서 느껴지는 그 집의 무게가
달팽이에게는 하나의 안도가 아니었을까?

무게가 느껴짐은
자신이 보호받고 있다는
증표가 아니었을까?

나에게도

책임의 무게가 느껴지는 달팽이 집이 있지만

또한 나는

그 집의 무게로부터

나에게 안식처가 있음을 느끼며

안도하고 있지는 않은가?

가족으로부터 느끼는 책임의 무게만큼

가족에게서 마음의 안식도 얻고 있는 것은 아닐까?

흩
어
짐

많은 것들이
하나의 통로에서
여러 방향으로 흩어진다.

하나의 손목에서
다섯 손가락으로 분리되고,
하나의 줄기에서
여러 가지들로 흩어진다.

흩어짐이 있기에

손가락은 물건을 쥘 수 있고

가지에서는 많은 꽃이 산개한다.

미
지
근
함

미지근함이라는 온도는 어려운 온도이다.
조절이 필요한 온도이기 때문이다.
애초에 뜨겁게 만들려면 가열만 시키면 될 테고,
애초에 차갑게 만들려면 냉각만 시키면 될 터이다.

그러나 미지근함이라는 온도는 조절을 필요로 한다.
그리고 시간과 뜸을 들여야 한다.
그런 시간이 쌓이고 쌓여
뜨거운 온도는 식어 미지근함이 되고
차가운 온도는 따뜻해져 미지근함이 된다.

시간과 뜸을 들여 만든 미지근함은
성숙한 온도이다.
뜨거움과 차가움과는 다르게
피부와 마음에 안정을 주는
성숙한 온도이다.

시간과 뜸을 들여 만든 미지근함은
중용의 도를 터득한 성숙한 온도이다.

—
오
래
본
다

어느날 두더지가 땅속에서 밖으로 올라왔습니다.
두더지는 초승달이 뜬 밤하늘을 보고 생각했습니다.
'아, 달의 모양은 가는 눈썹모양이구나!'
그렇게 두더지는 땅속으로 다시 돌아가서 나오지 않
았습니다.

두더지는 일평생 땅속에서 달의 모양은 눈썹모양이
라고만 생각했을 것입니다. 그날 두더지가 본 달의 모
양은 단지 그림자에 가린 모습인데 말입니다.

두더지가 때때로 땅 위에 올라와 달을 오래 보아왔다면 어땠을까요? 어리석게 초승달만 기억하는 일은 일어나지 않았을 겁니다.

당신도 때때로 땅속에서 나와 나의 여러 모습을 바라보았으면 좋겠습니다. 적막하고 심심한 일과이지만 오래 서로를 보아갔으면 좋겠습니다. 그래야 저도 당신도 오해하지 않을 테니까요.

당신도 때때로 땅속에서 나와
나를 바라보았으면 좋겠습니다.

깊어져 간다는 말

우리는 '깊어져 간다'는 말의 의미를 정확히 모릅니다. 깊어져 간다는 것은 사실 어두워진다는 의미입니다.

깊은 것들은 다들 어둠을 동반합니다.
깊은 우주,
깊은 용소,
깊은 산속.

맞습니다.
깊은 것들은 더욱더 어두워지고 고독해집니다.

하지만 깊은 것들만이 남을 품어줄 수 있습니다.
깊은 우주는 행성들을 품고,
깊은 용소는 시냇물을 품고,
깊은 산속은 산짐승을 품습니다.

더욱더 깊은 물은
비록 더욱 어둡지만
그런 어둡고 깊은 물은
겨울에 얼지 않습니다.

깊고 어두운 물은
결국에는 봄에 이르기까지 생명을 어루만져 줍니다.

그러니 당신도 나도
어둡다고 우울해하지 말아요.
단지 겨울을 나기 위해
더욱더 깊어지는 샘이라 생각합시다.

깊고, 어둡고, 고독한 것들만이
남을 품어줄 수 있습니다.
그러니 당신도 나도
어둡다고 우울해하지 말아요.

나
이
드
는
걸
까

우아한 척하는 꽃나방보다는
칠흑같은 어둠 속에서
혼자 빛에 뛰어드는 밤나방이 멋져 보인다.

화려한 유적지 관광보다는
마음을 정리하는 휴양을 원하며
찬란함보다는 소소함이 좋아진다.

요즘은 글도 새벽보다는 노을이 저물 때 더 잘 써진다.
나이가 드는걸까?

찬란함보다는 소소함이 좋아진다.

나이가 드는걸까?

시
차

불을 피울 때
바로 불빛이 보이지 않습니다.
하얀 연기가 스멀스멀 피어오르고
점차 검은 연기가 나온 뒤에야
불이 붙습니다.

세상사가 불을 피우는 것과 비슷한가 봅니다.

먼저 매운기가

코 끝을 괴롭히고

눈물을 빼고 나서야

따스한 기운이 스미나 봅니다.

처음 떨어지는 눈

눈이 오는 날
처음 하늘에서 내린 눈은
아스팔트 위에서 허무하게 녹아버린다.
힘들게 하늘에서 내려왔을 텐데
저렇게 허무하게 녹아버리는
첫 번째 눈송이가 애잔하다.

그런데
처음 내린 눈송이가 녹은 자리에
바로 두 번째 눈송이가 내려앉는다.

그때는 바로 녹지 않는다.
그렇게 눈송이들이 모여서
흰 세상이 만들어진다.

처음 내렸던 연약한 눈송이를 보며
당신의 마음을 생각해보았다.

다른 이가 있던 마음의 하늘에서 나에게로 왔을 때
비록 처음에는 연약하게 녹아버릴 수 있겠지만
결국 내 마음속 흰 적설로 남게 해드리리라.

'당신'이라는 눈이
내 마음속 흰 적설로 남게 해드리리라.

一
고
도

더 높이 올라가는 새는
더 큰 어지러움과 공포감을 느낀다.

하지만
더 큰 어지러움과 공포감 속에서 떨어지는 새는
쉽게 죽지 않는다.

날갯짓을 머뭇거리더라도
체공 시간이 길어
한 번의 기회가 더 주어지기 때문이다.

냉혹한 자연 역시
용기있게 도전하는 이에게는
한 번의 기회를 더 주는 법이다.

더 높은 곳에서 두려움을 마주한 새여!
한 번 실패했다고 좌절하지 마라!
한 번 더 날갯짓을 할 여유가 너에게는 있으니.

그동안 너무 빨리 달리는 바람에

고유의 색을 가진 점들을

그저 배경이라 치부한 것은 아닐까?

KTX 차창을 바라보며

고속으로 달리는 KTX 열차 안에서
창을 통해 바깥을 보면 모든 것들이 '선'이 된다.

스타카토 점처럼 떨어져 있던 나무들도
초록의 선으로 휘달리고
파란색, 빨간색으로 된 지붕의 단절된 배경도
색과 색이 묶여있는 무지개처럼 보인다.

속도가 빨라질수록
더욱더 점이 선으로 보이는 열차 속에서
내가 살아왔던 인생의 속도를 다시 생각해보았다.
너무 빨리 달리지 않았나?

너무 빨리 달려서
고유의 색을 가진 점들을
그저 배경이라 치부하고
선으로 대우하지는 않았을까?

조
약
돌
과

파
도

맨들맨들한 조약돌도
돌로 내려치면
파편으로 쪼개지며 하나의 흉기가 된다.

어떤 단단한 것들이든
어떤 무른 것들이든
무언가를 줄이거나 용해하는
가장 좋은 방법은
잔잔히 마주하는 것이다.

저 파도처럼.

part 3.

원래 다 그런가 보다.

도착이 보일수록, 바닥이 보일수록

원래 그때가 가장 힘든가 보다.

일

상

의

향

기

따스한 소리

차갑지만 따스한 소리들이 있다.

허름한 술집에서 스뎅 테이블 위로
소주잔을 내려놓는 소리,
달동네 가정집에서
젓가락이 부딪히는 소리,
갑작스럽게 쏟아지는
한여름 밤 소낙비 소리,
말 없이 걷고 있는 우산 속에서
우리 두 사람의 소매가 스치는 소리.

순댓국밥

한 남자가 순댓국밥 한 그릇을 시킨다. 혼탁하기 그지
없는 순댓국밥에 눈물처럼 짠내 나는 새우젓을 풀고,
보기만 해도 매운 다대기도 푼다.

중지 깊이 정도밖에 안 되는 그 뚝배기에서도 바닥이
보이지 않는 순댓국밥.

순댓국밥의 혼탁함을 바라보면서 남자는 그가 갚아야
할 사채빚을 떠올리고, 어깨를 짓누르는 책임감도 느낀
다. 또 한 치 앞을 예측할 수 없는 절망감도 느낀다.

그래도 남자는 한 숟갈씩 떠먹기 시작한다. 목이 막힌다. 짜고 뜨거운 그 국밥 한 그릇을 다 먹고 나서 마침내 뚝배기 밑바닥을 확인하고 거기에 얼굴을 비춰본다. 어느새 혼탁함이 걷히고, 이 세상에서 가장 사랑하고 지켜주고 싶은 이가 비쳐 올라온다.

뚝배기 밑바닥에 얼굴을 비춰보고는 다시 신발끈을 조여맨다. 들어올 때와는 다르게 발걸음이 경쾌해졌다.

요즘 같은 고단한 세상 속에서

가장 사랑하고 지켜주고 싶은 이는

바로 당신입니다

노트 절취선

저는 절취선이 있는 노트를 좋아합니다.
깨끗하게 찢어져서
잘려나간 모양이 보기 좋죠.

절취선이 없는 노트는
급하게 찢으려고 하다가는
윗부분이 지저분하게 찢어집니다.

하지만
저는 한번 생각해봅니다.

절취선을 따라 깔끔하게 찢어져나간 관계들,
이빨들을 남기며 지저분하게 찢어져나간 관계들.
무엇이 더 솔직한 관계인지를.

지저분하게 찢어져나간 관계가
오히려 더 진솔한 관계는 아니었을까요?

처음부터 깔끔하게 찢어져나가는 관계를 생각했다면
우리는 만나기 전에도 미리 칼집을 내야 합니다.
이미 이별을 예상하고 만나는 그런 관계처럼요.

온도조절이 안 되는 샤워기

오늘 아침, 온도조절이 안 되는 샤워기 꼭지를 잡고 전쟁 중이다. 분명 어제는 이 각도에서 따뜻한 물이 나왔는데! 지금은 왜?

조금만 왼쪽으로 틀어도 데일 정도로 뜨겁고, 0.5도만 오른쪽으로 틀어도 얼음장처럼 차갑다.

너와 어제 나눴던 나의 한마디도 이렇듯 감도 떨어지는 샤워기 꼭지와 같았던 걸까?

더 가까워지고 싶어 따뜻한 말 한마디 건네고 싶었던 나의 입이 저 감도 떨어지는 샤워기처럼 왜 차가운 말만 내뱉고 말았을까?

나는 감도가 떨어지는 저 샤워기를 탓할 처지가 안 되는구나. 오늘은 그냥 샤워기 온도 조절을 포기했다. 오늘은 그냥 이 미적거리는 듯한 어제의 온도로 몸을 적셔야 하는 날인가보다.

너와 어제 나눴던 나의 한마디도

이렇듯 감도 떨어지는 샤워기 꼭지와 같았던 걸까?

두루마리 휴지와 사랑

두루마리 휴지가 그대의 마음이라 생각해본다. 난 그대의 마음에서 휴지심이 되고 싶다.

그대가 그대의 마음을 이리저리 풀어헤쳐 일상의 눈물을 닦으려고 할 때, 난 그저 그대가 마음을 둘둘 풀기 쉽도록 그대의 한켠에 자리만 잡고 있어도 좋다.

어느날 그대의 마음이 바닥을 드러내어 힘들고 슬퍼 휴지심만 남았을 때, 그대가 나를 아무런 필요도 없

는 존재라 여기고 휴지통에 던져버려도 난 괜찮다.

다만, 내가 없던 어느날, 눈물을 닦기 위해 휴지를 풀
던 그대가 휴지심이 없어서 두루마리 휴지를 풀기가
어렵다는 걸 느낀다면, 그래서 그대의 마음 한켠에
내가 있었다는 걸 느끼는 밤이 있다면, 나는 그것으
로 족하다.

컴
퍼
스

당신은 늘 더 완벽한 원을 그리고 싶다.

더 둥글고,
더 넓게.

그렇게 당신 한가운데
컴퍼스 바늘을 꼽고
원을 그려나간다.

그런데 더 둥글고 더 큰
완벽한 원을 그릴수록
당신 한가운데 홈이 더 커짐을
당신은 알고 있을까?

키위 스무디 그리고 빨대

키위 스무디를 먹는다.

가득찬 스무디를 먹을 때는
빨대를 대고 조금만 들숨을 쉬어도
스무디가 올라온다.

그렇게 먹다보면
바닥이 보이기 시작한다.

바닥이 보일수록
힘을 주어야 한다.
빈 공기의 소음을 일으키며
더 강하게 빨아 올려야 한다.

원래 다 그런가 보다
도착이 보일수록, 바닥이 보일수록
원래 그때가 가장 힘든가 보다.

― 다리미판과 다리미

내가 상처받았을 때
제대로 된 다리미판도 없으면서
갑자기 다리미를 들고 나타나
상처를 다려 주겠다는 사람은 피하세요.

바닥이 우둘투둘한 곳에서
다리미질을 하면
주름이 생기듯

섣부르게 하는 다리미질은

위로보다는

마음속에

또다른 주름을 만듭니다.

크
레
인

건설현장을 한번 바라본 적이 있습니다.
크레인이 건물 뼈대를 만들고 있었습니다.

골조만 앙상한 크레인이 장차 랜드마크가 될 건물의
골조를 만들어가는 모습이 감명 깊었습니다.

크레인은 건물이 다 지어지면 철거될 운명인데도
크레인이 있기에 건물이 올라가고 있기 때문입니다.

세상사도 비슷한 걸까요?

풍족하지 않고 골조만 남은 사람들이 사회의 많은 부분을 만들어가고 채워가는 것을 보면 말이죠.

골조만 남은 것들이 골조를 만들어 그 골조 안에 무언가를 채워준다는 풍경이 오늘따라 무척 아름답습니다.

사회의 많은 부분을 채워가는

골조만 남은 사람들이 존경스럽습니다

신촌역 교통표지판

오늘 신촌역에 가봤습니다. 신촌역 로타리에서 신촌역을 가리키는 교통표지판을 봤습니다.

하루에도 수십 번은 보는 녹색 바탕에 흰색 글씨가 쓰여 있는 표지판을 보았는데 문득 궁금한 게 생겼습니다. 신촌역을 가리키는 저 표지판은 정작 신촌역에 가본 적이 있을까요?

아마 없을겁니다. 신촌역을 등진 채 신촌역을 지나는

사람에게 방향을 가리키고만 있으니까요.

그런데 표지판 같은 사람도 있는 걸까요?
표지판이 가리키는 목적지에 표지판은 정작 한 번도
가본 적이 없는 것처럼, 본인은 하지도 못하면서 남한
테는 감 나라 배 나라 하는 사람들 말입니다.

당신 주변에 있는 수많은 표지판을 너무 맹신할 필요
는 없을 것 같다는 생각도 드네요.

당신 주변에 있는 수많은 표지판을
너무 맹신하지마세요.
그들도 가보지 못한 곳입니다.

여우와 신포도 sour grapes

이솝우화에 나오는 '여우와 신포도' 이야기를 알고 있
나요?

여우가 어차피 먹지도 못하는 포도를 보고 신(sour)
포도라고 말하며 스스로를 합리화하는 것을 지적하
는 이야기입니다.

하지만
저는 그 여우가 현명하다고 생각합니다.

어차피 먹지 못하는 이상 우리는 그 포도가 신포도
인지 단포도인지 모릅니다. 그것을 단포도라고 생각
하며 한나절 후회하기보다는 차라리 신포도라 생각
하고 넘어가는 것이 현명한 것은 아닐까요?

어차피 모르는 것,
어차피 마주치지 않을 것 때문에
상처받는 것보다
바보 같은 삶의 자세가 어디 있을까요?

찐빵에게 겨울이란

찐빵에게 겨울의 냉기는 삶을 옥죄이는 바람입니다.
기껏 열기를 지닌 채 세상 밖으로 나왔는데 겨울의
냉기 앞에서 죽어갑니다.

겨울의 냉기에 찐빵의 하얀 겉면부터 거칠어지기 시
작합니다. 그리고는 냉기가 찐빵의 내부로 스며들면
서 결국 앙꼬까지 삶의 의지를 잃어갑니다. 그러니 찐
빵에게 있어 겨울은 심장을 찌르는 비수와도 같은 셈
이죠.

그런데 진빵의 생을 쥐어짜는 저 겨울의 냉기가 찐빵을 탄생시킨 존재입니다. 일년 내내 여름 날씨라면 찐빵이 세상에 나왔을까요? 겨울의 냉기가 있기에 찐빵이 태어났습니다. 그리고 자신의 정체성을 세상에 알리고 있습니다.

참으로 신기하지 않나요? 자신을 죽이는 것이 자신을 살리는 역설이.

겨울의 냉기가 있기에 찐빵이 태어났습니다.

참으로 신기하지 않나요?

자신을 죽이는 것이 자신을 살리는 역설이.

—

사
포

나는 남들에게
매끈한 표면으로 마주하고 싶다.

하지만 매끈한 것으로
매끈한 것을 만들지 못한다는 사실을 아는가?

매끈한 표면을 만들려면
까끌까끌한 사포질이 필요하듯
내가 매끈해지려면
어떤 존재보다 까끌까끌한 존재를 가까이 해야 하는
것을.

방치하는 것이 아닙니다

소중한 존재일수록

더 어루만지지 못하는 것이 있다.

때가 탈까

누가 볼까

마음속 금고에 고이 모셔두는 것들.

결코 싫어서 방치하는 것이 아닌

너무나 좋아서

항상 꺼내 볼 수 없는 것들.

—
가
로
등

아마 너의 낮은 오늘도 고단했으리라.

텅 빈 새벽 거리를 비추는 필라멘트가 채 식기도 전에
너의 아침은 개, 고양이들의 오줌발로 시작한다.

가장 아래 있는 자들과 함께 그들을 닮은 전단지를
온몸에 덕지덕지 붙인 채 1월의 겨울을 외롭게 버티
는구나.

오늘도 생업의 얼음을 맨손으로 짊어진 노량진 어시
장이 열리고, 가장의 손에 기름때 묻은 통닭 봉투가
들려있을 때, 너는 다시 필라멘트에 불을 붙인다.

너는

아침에 생긴 개, 고양이들의 오줌발 자국도

점심에 붙은 대출광고와 저급한 매춘부의 광고도

저녁에 달린 하짜바리 짱깨집 전단지도

감추지 않고 비추는구나.

너는 오늘도 텅 빈 거리에 홀로 서서

너와 나의 가장 시린 부분을 비추는구나.

너는
아침에 생긴 개, 고양이들의 오줌발 자국도
점심에 붙은 대출광고와 저급한 매춘부의 광고도
저녁에 달린 하짜바리 짱깨집 전단지도
감추지 않고 비추는구나

계절의 모퉁이

항상 아이스 아메리카노를 시키다가
오늘은 따뜻한 아메리카노를 시키면 어떨까?
고민하는 그 순간
이미 가을은 다가왔다.

계절의 모퉁이를 돌아

그리움을 품고 온다

part 4.

수화기 너머로 도시의 어둠이 덮쳐오던 그때
손이라도 잡아드릴걸.

술

고

픈

밤

一
왜
어
제
그
랬
을
까
?

올려다보는 것과 내려다보는 것
어느 것이 더 힘들까?

우리는 알고 있다.
올려다볼 때 목이 뻐근해짐을.

하지만
아래에 있는 이는 항상 올려다보려 애쓴다.

수험생은 저 위에 계신 광개토대왕의 업적을 외우고
경비아저씨는 천장에 달린 깜빡이는 형광등을 갈고
등에 짐을 진 인부는
벽돌을 날라야 할 건물 옥상을 올려다 본다.

우리는 알고 있다.
내려다 봄이 더 수월하단 걸.
어제 봤던 노숙자에게 한 푼이라도 더 주는 것이,
어제 봤던 꼬마아이를 위해 출입구를
조금 더 붙잡아 주는 것이,
어제 봤던 어르신을 위해 길을
친절히 알려드림이.

도시의 밤길을 걸으며 어제를 후회해 본다.
가로등이 내 위에서 불을 비추며 내려다본다.
난 부끄러워 급히 아파트에 홀로 들어섰다.

도시의 밤길을 걸으며
어제를 후회해 본다.

제
습
제

김 포장지에 들어 있는 제습제를 보며 생각했다. 왜 먹지 말라고 적혀 있을까? 먹으면 어떻게 된다는 설명도 없이 말이다.

제습제! 말 그대로 습기를 없애주는 물건이다. 그럼 사람이 먹으면 사람이 머금은 습기도 어느 정도 없애줄까?

요즘 깨달은 생각인데, 일상 생활에서 '습기'가 따라다니는 곳은 모두 '빈자(貧者)'의 영역이다. 김이 나는 하꼬방집 만두, 찐빵 가게의 훗훗한 실내, 장맛날 포장마차의 우산꽂이, 땀을 흘리며 시멘트 포대를 나

르는 인부의 손, 그리고 늦은 밤 잠 못 드는 지하방의
눅눅한 곰팡이는 모두 축축한 습기로 젖어 있다.

반면에 '습기'가 없는 곳은 세련되고 풍족하며 우리
대다수가 동경하는 곳이다. 술조차 드라이한 위스키
를 마시며, 건조시킨 다시마 튀각이나 건포도, 마카
다미아를 집는 곳. 그리고 한때는 습지에서 생명을
꾸물틀거리던 악어를 말려 건조시킨 지갑에서 꺼낸
빳빳한 지폐.

내가 지금 보고 있는 제습제를 먹으면 나도 그런 사
람이 될 수 있을까. 밀랍인형으로 되어 있는 건조한
위인들처럼 말이다. 부모들은 생명조차 없는 밀랍인
형을 아이에게 보여주며 저런 위대한 사람이 되라고
말해준다. 정작 이번 손녀 생일에 어떤 곰 인형을 사
줄지 고민하는 훗훗한 곰국 같은 수위 할아버지는
무시하면서….

윤동주도 백석도 눈물과 습기가 밴 곳에서 눅눅한
원고지에 따스한 기운으로 시를 썼을 터이다. 그럼에
도 우리는 차디차고 건조한 그들의 흉상 한구석 표
지판이나, 법전처럼 빳빳한 양장 하드커버 시집 속에

그들의 시를 옮아맨다. 그리고 스스로 만족해한다.
다시 제습제를 바라본다. 제습제를 먹는다면 과연 나
도 눈물마저 말라버린 더 위대한 사람이 될 수 있을
까? 혹시나 제습제에 쓰인 경고 문구는 그들이 만든
문구가 아닐까…

우리는 차디차고 건조한 그들의 흉상
한구석 표지판에 그들의 시를 옮아맨다

@ 러시아의 문호 푸시킨

제습제를 먹는다면

과연 나도 눈물마저 말라버린

더 위대한 사람이 될 수 있을까?

불룩한 주머니

어렸을 때는
호주머니에 호두나 팽이 같은 잡다한 장난감들을 넣
어 다니느라 항상 호주머니가 불룩했었다.

그 불룩한 호주머니에 손을 넣어서
친구들이랑 물건들을 나누고 같이 놀고….

하지만
사람이 크는 만큼
호주머니는 홀쭉해지는 것 같다.

주머니 속에 넣고 다니는 것은
얇은 카드 한 장과 스마트폰뿐.
그 스마트폰마저 날이 갈수록 얇아진다.

이제 호주머니 안에 있는 물건을 나눠주기보다는
호주머니 안에 있는 스마트폰만 만지작거린다.

예전에는
호주머니가 불룩하면
불편하기는 했지만
불룩했던 만큼
마음도 채워졌었는데….

굳은
살

고생한 모든 것들은
퍽퍽해지고 투박해진다.

한 평생 몸뚱아리를 버티고 날갯짓한 새들의 가슴살
처럼 푸석해진다. 우아한 날개만을 기억하는 바깥의
시선과는 상관없이 새들의 가슴은 하루하루를 버티
면서 안에서부터 단단한 몽우리가 생겨난다.

하루하루를 버티는 수험생들의 연필 쥔 손가락, 하루
를 짊어지는 인부 아저씨의 시멘트가루 묻은 등, 자

식들의 오늘을 위해 새벽부터 쌀을 안치느라 차가워
진 어머니의 손잔등까지 하루하루 푸석해지고 퍽퍽
해진다.

그런데
푸석해지고 퍽퍽해진다는 것이
사실은 썩어간다는 말의 반대말임을 깨달았다.

모든 썩어가는 것들은 물렁거리며 흐물거린다. 모든
것은 약하고 무른 부분부터 썩어나간다. 고등어는 내
장부터 썩어가며, 사과는 흠집이 난 부분부터 물컹거
리며 썩어간다.

그래,
하루하루 고생하고 퍽퍽해진다는 것은
소중한 이를
지킬 수 있다는 것이고,
외부에서 불어오는 찬바람을 막기 위한 것이었다.
비록 흉한 굳은살을 얻었지만…

그래서

새들은 찬바람을 퍽퍽한 가슴으로 막아내고, 수험생들은 굳은살 박인 손가락으로 불안함의 무게를 이겨내고, 인부 아저씨는 배긴 등근육으로 삶의 무게를 버텨내고, 어머니는 찬물에 경직된 손잔등으로 사회로 나갈 가족의 한 끼를 따뜻하게 창조하시는구나!

투박하고 퍼퍼해진다는 것이

사실은 썩어간다는 말의 반대말임을 깨달았습니다

할
머
니

여름밤
집 앞 공원에 앉아있었는데
어떤 할머니께서 옆에 앉으셨다.

분명 전화벨이 울리지도 않았는데
할머니께서 갑자기 전화를 받으셨다.

옆에서 조용히 들어보니 바로 알 수 있었다.
할머니의 대화는 사람과의 대화가 아니었다.

대화 사이사이에 호응이 없었고
대화 사이사이에 쉼표가 없었다.

그렇다.
할머니는 혼자
수화기 너머 암흑 속으로
독백을 하고 계셨다.

순간, 도시가 품은 극도의 암울함이 나를 덮쳤다.

얼마나 외로우셨을까?

나는 지금도 후회한다.
옆에서 손이라도 잡아드릴걸.
수화기 너머로 도시의 어둠이 덮쳐오던 그때
손이라도 잡아드릴걸…

나는 지금도 후회한다.

옆에서 손이라도 잡아드릴걸.

잔
인
한

진
실

오늘도 삶을 버티기 위해
손으로 삶의 모래를 쥐는 사람들이 있습니다.

수산시장에서 손으로 얼음을 깨는 상인들,
건설현장에서 손으로 철근을 옮기는 사람들,
제조공장에서 손으로 기계를 만지는 사람들.

그런데 인간의 신체에서
고통을 느끼는 통점이 가장 많은 부위가
손이라고 합니다.

가끔은 너무 잔인하다는 생각이 듭니다.
손으로 삶을 쥐려는 사람들이 가장 큰 고통을 얻을
수밖에 없는 이 현실이 말입니다.

오늘도 삶을 버티기 위해

손으로 삶의 모래를 쥐는 사람들이 있습니다.

회기동 파전골목

비가 추적이는 밤
파전 굽는 소리와 비 내리는 소리가
구분이 안 가는 골목에
종이로 된 사람들이 모여든다.

종이로 된 사람들은
각자 가방을 내려놓고
넥타이와 윗도리를 벗으며
삼삼오오 모여든다.

종이로 된 사람들은
다들 몸에 구멍이 뚫려 있고
크고 작게 찢긴 채
술을 마신다.

술을 마실수록 종이는
더 젖어들고
생채기가 생긴 부분들이
서로 달라붙기 시작한다.

사람들은 어깨동무를 하며
회기동 파전골목을
하나둘 떠나간다.

낯선 천장

낯선 천장을 더 많이 볼수록
어른이 되어가는 걸까?

항상 같은 천장을 보며
잠을 청했던 나는

어느 순간
서울의 자취방에서
고독하게 천장을 바라보았다.

어느 순간

많은 이들이 힘겹게 잠을 청하는

보충대에서도 천장을 바라보았다

앞으로

얼마나 더

낯선 천장 무늬를 봐야 할까?

잔
상

엄청나게 밝은 형광등을 보고 있다가
시선을 돌려 사람들을 보면
아무것도 보이지 않는다.

마치 눈에 구멍이라도 난 것처럼
시야에 맹점이 생긴다.

더 밝은 빛을
더 오래 볼수록
우리의 시야는 더 흐려진다.

그러니,
그동안 찬란한 것을 보아왔다면
우리는 한동안 자숙해야 한다.

다시 찬란한 것을 보려는 욕심은 접고
눈을 감은 채
잔상이 사라지기를 기다려야 한다.

그동안 찬란한 것만 보아왔다면
다시 찬란한 것을 보려는 욕심은 접고
찬란했던 잔상이 사라지기를 기다리고 자숙하자

깃
털

우리는 자유롭고 가벼운 존재를 원합니다. 새의 깃털
과 같이 하늘거리며 여유로운 그런 존재를 원합니다.
맑은 창공을 가로지르며 땅을 등지고 태양을 바라볼
수 있는 그런 존재를 우리는 갈구합니다.

하지만 세상이 항상 맑은 날일 수 있을까요? 당신은
비 오는 날 새의 모습을 자세히 본 적이 있으신가요?
추운 겨울비를 맞고 흠뻑 젖어 오들오들 떨며 잎사귀
도 없는 나무에서 버티는 그런 새를요.

신기하게도 더 가볍고 자유로운 존재는 어떤 존재들보다 젖는 것에 취약합니다. 젖은 깃털은 여간해서 잘 마르지도 않습니다. 젖은 깃털은 어떤 존재보다 무겁고 축 처지기 마련입니다.

가장 가벼웠던, 가장 자유로웠던 존재가 가장 무겁고 가장 속박된 존재가 되는 역설. 지금 우리가 꼭 가볍고 자유로운 존재가 아니어도 그렇게 자책하지 않아도 됩니다.

지금 우리가

꼭 가볍고 자유로운 존재가 아니어도

그렇게 자책하지 않아도 됩니다

형광펜과 검정색 만년필

세상이 형광펜들로 가득 차 있다.
자신의 특별함을 알리기 위해
눈이 아프도록 형광색을 칠해댄다.

세상이라는 도화지에 형광펜 물이 뚝뚝 흐를수록
종이는 눅눅한 파김치처럼 매가리가 없어진다.

하지만
형광펜의 정어리 떼 속에서
당신은 언제나 그래왔듯
검정색 만년필로 묵묵히 이름 석 자를 쓴다.

어느새 당신의 이름이
형광펜 떼 속에서 그 어떤 존재보다 도드라진다.

페르시안 고양이

우아한 흰색 털을 가진 페르시안 고양이가 겨울밤 쓰레기 더미를 뒤지고 있다. 평소에도 길고양이들을 많이 보아왔는데 페르시안 고양이가 길고양이가 되어 쓰레기를 뒤지는 모습을 보니 꽤히 쩡하다. 문득 외모를 보고 다른 길고양이가 고생하는 것을 당연하게 여긴 내가 부끄럽기도 했다. 하지만 그날따라 페르시안 고양이의 겨울나기가 유독 애잔했다. 털은 뭉치고 회색 빛이 돌았다. 눈빛은 흐리고 슬퍼보였다.

211 술 고픈 밤

이름부터 페르시아의 고급진 양탄자를 떠오르게 하는 네가, 그래서 그 위에서 우아하게 아침잠을 자고 있을 법한 네가, 왜 서울의 어느 뒷골목에서 이렇게 구슬프게 헤매이고 다니는지… 괜히 내가 미안해진다.

우아하게 아침잠을 자고 있을 법한 네가,
왜 서울의 어느 뒷골목에서
이렇게 구슬프게 헤매이고 다니는지….

밀물을 더 오래 보고 싶으면

남들보다 밀물을 더 오래 보고 싶으면
썰물 때부터 밀물을 기다려야 한다는 사실을 아나요?
이미 밀물이 몰려오는 바다에서는
밀물의 모습을 처음부터 볼 수가 없기 때문입니다.

내가 보고 싶은 모습을 더 보기 위해서는 그것과 정 반대의 모습에서 기다려야 하는 상황이 신기할 따름 입니다.

문득 제 자신이 부끄러워졌습니다.

너는 썰물 진 바다를 보고 실망해서 도망갔지 않았 냐고, 너는 밀물이 보고 싶으면서도 썰물 진 바다에 서 기다릴 용기는 없지 않았냐고, 저 자신에게 되물 어봤습니다.

썰물이 빠져나가는 바다의 소리에서
밀물이 밀려들어오는 바다의 소리가
어렴풋이 들립니다.

남들보다 밀물을 더 오래 보고 싶으면

썰물 때부터 밀물을 기다려야 한다는 사실을 아나요?

잠
수
함

걱정을 머금는다.
기포가 생기며 가라앉는다.
혼자 침전하다가 문득 외로워진다.
조용히 잠망경을 꺼내 수면 위를 살펴본다.
아무도 없다.
한숨을 쉬며 걱정을 내뱉는다.
달밤 아래 혼자 수면 위로 다시 떠오른다.

물고기는 분명 물에서도
목마름을 느끼는 게 틀림없다

갈증

물고기는 분명 물에서도
목마름을 느끼는 게 틀림없다.

우리도
넘쳐나는 관계 속에서
인연에 갈증을 느끼듯.

하필
———
그리움을
당신에게
엎질렀다

초판 2018년 3월 15일 초판 1쇄
저자 신현택
편집 윤선영
디자인 이미화

출판사 도서출판 북플라자
주소 경기도 파주시 서패동 파주출판단지 471-1
전화 070-7433-7637
팩스 02-6280-7635
홈페이지 www.book-plaza.co.kr

ISBN 978-89-98274-98-6   03810